Rüdiger Bertram

Maltes großer Auftritt

Bilder von
Barbara Korthues

Verlag Friedrich Oetinger · Hamburg

Mix
Produktgruppe aus vorbildlich bewirtschafteten Wäldern und anderen kontrollierten Herkünften
www.fsc.org Zert.-Nr. SGS-COC-1425
© 1996 Forest Stewardship Council

Einband- und Reihengestaltung: Ralph Bittner und Manfred Limmroth
Titelbild und farbige Illustrationen von Barbara Korthues
Reproduktion: Domino Medienservice GmbH, Lübeck
Druck und Bindung: Mohn media · Mohndruck GmbH, Gütersloh
Printed in Germany 2009
ISBN 978-3-7891-0653-8

www.oetinger.de

1. Unter der Dusche

„Malte! Wo steckst du? Komm endlich duschen!"
Die, die da im Bad so laut ruft, ist meine Mama. Malte, das bin ich. Mit meinem besten Freund Ole spiele ich dreimal in der Woche Fußball auf dem Ascheplatz hinter unserer Schule. Der Platz ist im Sommer ganz staubig. Deswegen muss ich nach dem Kicken immer unter die Dusche. Mit HAAREWASCHEN. Ich hasse Haarewaschen.

Lieber verstecke ich mich in meinem Zimmer hinter der Tür. Ich habe das mal im Fernsehen gesehen. Da hat sich ein Geheimagent auf der Flucht auch hinter einer Tür versteckt. Als dann die Bösen in den Raum stürmten, haben sie ihn gar nicht gesehen. Da ist er aus seinem Versteck gesprungen und hat ...
„Mama! Malte hat sich wieder hinter der Tür versteckt.“
Die, die da petzt, ist meine Schwester. Sie heißt Lara und geht schon in die vierte Klasse. In die Papageienklasse. Das passt zu ihr, weil sie auch so viel quatscht.
Ich habe auch noch eine kleine Schwester. Bine ist erst zwei und noch zu jung zum Petzen. Trotzdem nervt sie gewaltig.
„Malte muss Haare waschen! Malte muss

Haare waschen!“, singt Bine und kichert dabei.
Mama wäscht Bine die Haare noch mit einem Baby-Shampoo, und auch das nur ganz selten. Bine weiß gar nicht, wie schlimm das ist mit der Seife in den Augen. Und dann der blöde Geruch nach Kamille in den Haaren.

Ich ziehe mich aus und trotte ins Bad, wo Mama auf mich wartet. Man muss wissen, wann man verloren hat, sagt Ole immer. Mama stellt das Wasser an und schiebt mich unter die Dusche.
„Stell dich nicht so an, ist doch alles halb so schlimm“, behauptet sie und verteilt das Shampoo in meinen Haaren. Aber das ist nicht fair. Ich kann nämlich nicht antworten, weil mir sonst das Shampoo in den Mund läuft. Es stimmt auch gar nicht, was sie sagt. Es ist wohl schlimm. Mama bearbeitet meinen Kopf, als würde sie einen Hefeteig kneten.
„Lara macht auch nicht solche Faxen beim Haarewaschen“, sagt Mama.
Das sagt sie immer. Aber das gilt nicht. Lara ist ein Mädchen und die lieben Haarewaschen.

„Die geht ja auch reiten“, rufe ich laut, damit Lara, die Verräterin, es auch hören kann. „Danach muss man einfach duschen, weil die Pferde so stinken.“
Jetzt habe ich doch Shampoo in den Mund gekriegt. Das schmeckt eklig.

„Pferde stinken nicht. Du hast ja keine Ahnung, du Elfmeter-Verschießer“, schreit Lara wütend zurück.
Lara hasst es, wenn man schlecht über ihre Gäule redet. Aber das mit dem Elfer war mindestens genauso gemein. Ich habe bisher erst einen Elfer verschossen. Das war im Endspiel der Schulmeisterschaft. Der Ball ging ganz knapp rechts am Tor vorbei. Danach haben alle gemotzt. Vor allem der blöde Ingo.
Wenn Ole geschossen hätte, hätten wir das Spiel gewonnen. Er ist der beste Elfmeter-Schütze der ganzen Schule.

Leider hatte er sich schon in der ersten Halbzeit verletzt. Seit damals hat Ingo es auf mich abgesehen. Nur wenn Ole dabei ist, dann traut Ingo sich nicht. Ole ist viel stärker als Ingo.
Ole und ich, wir machen alles zusammen. Wir gehen auch in dieselbe Klasse. Es ist die 3 a. Aber bei uns in der Schule heißt sie nur die Raben-Klasse.

Alle Klassen haben Tiernamen. Es gibt auch eine Pferde-Klasse. Da haben wir mit den Raben noch mal Glück gehabt. Eine Löwen- oder Haie-Klasse gibt es leider nicht. Zumindest nicht bei uns. Das wären echt coole Namen.

„So! Fertig! Du hast es schon geschafft."
Mama stellt das Wasser ab.
Schnell springe ich aus der Dusche ins Trockene.
„Bleibst du wohl stehen! Du setzt ja das

ganze Bad unter Wasser!“ Mama wirft mir ein Handtuch zu.
Während ich mich abtrockne, höre ich Lara im Wohnzimmer lachen. Sie sitzt vor dem Fernseher. Jetzt habe ich auch noch den Anfang meiner Lieblingsserie verpasst. Heute ist echt mein Pechtag. Fast so wie der Tag mit dem Elfer. Aber davon hatte ich euch ja schon erzählt.

2. In der Notaufnahme

Heute ist Mittwoch. Mittwochs und freitags kann ich mich nach dem Fußball nicht mit Ole verabreden. Lara hat dann Reiten und da muss ich immer mit. Mama hat keine Lust, alle Wege doppelt zu fahren. Also holt sie mich am Bolzplatz ab und fährt gleich weiter zum Stall.

„Komm schon, Malte! Wir müssen los“, ruft Mama und hält mir die Wagentür auf.

Auf der Rückbank hocke ich eingeklemmt zwischen Bine in ihrem Kindersitz und Lara mit ihren Reitstiefeln. Sie hat die Stiefel nicht geputzt. Wenn mich nicht alles täuscht, kleben sogar noch Reste von Pferdeäpfeln an den Absätzen.

Ole winkt mir traurig hinterher.

Er weiß, was mir bevorsteht. Einmal hat er mich begleitet, und mehr kann man ehrlich nicht erwarten. Nicht einmal von seinem besten Freund. Vor mir liegt eine endlos langweilige Stunde auf dem Reiterhof. Lara reitet da die ganze Zeit im Kreis herum. Nur ab und zu springt sie über ein paar Hindernisse. Aber die sind nicht viel höher als ein Schuhkarton. Ich glaube, Lara geht nur reiten, weil sie da endlich mal bestimmen kann. So ein Pferd darf sich ja nicht wehren. Es muss genau machen, was der Reiter sagt.

Auch wenn es nur ein kleines Mädchen ist, das bei ihm obendrauf sitzt. Mir tun die Pferde leid. Wenn sie wirklich mal woanders hinwollen, sind immer noch ein paar Erwachsene da, die aufpassen. Die armen Tiere haben null Chance.
Am Rande des Reitplatzes gibt es eine kleine Tribüne. Da kann man sich hinsetzen und zugucken. Oder man setzt sich hin und blättert in einem Comic. So wie ich.

„Will auch Comic gucken!“, plärrt Bine und zerrt an meinem Heft.
„Lass das los!“, sage ich streng zu ihr.
Aber das macht sie natürlich nicht.
Also ziehe ich von der anderen Seite. Das ist gar nicht so einfach. Wenn ich zu sehr an dem Heft zerre, reißt Bine eine Seite raus. Und wenn ich loslasse, gibt sie es nicht mehr her. Dann langweile ich mich bis zum Ende der Reitstunde zu Tode.
„Mama! Sag Bine, sie soll mir sofort das Heft zurückgeben!“, rufe ich laut.
Aber Mama sitzt gar nicht mehr neben uns. Das habe ich gar nicht gemerkt, weil ich mich mit Bine um den Comic gestritten habe. Mama ist auf den Reitplatz gelaufen. Jetzt sehe ich es auch. Der Sattel, auf dem Lara eben noch saß, ist leer. Lara liegt im Sand und schreit.

Sie hält sich den Arm. Mama kniet neben ihr. Alle sind ganz aufgeregt. Nur das Pferd steht etwas abseits und tut, als ob es mit dem Ganzen überhaupt nichts zu tun hätte.
Mama trägt Lara zum Auto. Ich darf ausnahmsweise vorne sitzen, damit Lara hinten genug Platz hat. Mama fährt schnell. Wenn Papa so schnell fährt, schimpft sie immer. Aber diesmal haben wir es wirklich eilig. Lara weint die ganze Zeit, weil ihr Arm so wehtut.

Sogar Bine ist beeindruckt und sagt die ganze Fahrt über kein Wort. Das Krankenhaus ist zum Glück nicht weit weg. Wir gehen in die Notaufnahme.
Lara und Mama werden direkt in das Behandlungszimmer gebracht. Bine und ich warten draußen. Neben uns sitzt einer, der hat seine Hand in einem dicken, blutigen Verband. Das sieht ziemlich übel aus. Ich kann gar nicht weggucken.
Bei dem Mann daneben ist der Knöchel ganz geschwollen. Auf dem letzten freien Platz sitzt eine junge Frau. Bei der kann man leider gar nicht sehen,
was sie hat.

„Soll ich dir erzählen, wie das passiert ist?“, fragt der Mann mit der verbundenen Hand plötzlich.
„Klar!“, sage ich neugierig. „Das tut bestimmt weh.“
„Der Schmerz kommt später“, antwortet der Mann. „Ich bin Schreiner. Einen Moment nicht aufgepasst an der Säge

und schon ist es passiert. Ist ja nicht das erste Mal."

Er hält seine andere Hand hoch und da fehlt auch schon der Daumen. Bine nimmt ihren Daumen schnell aus dem Mund. Dabei hat der Mann sich den Finger ja gar nicht abgebissen.

Ehe der Mann weitererzählen kann, kommen Mama und Lara viel zu früh aus dem Behandlungszimmer zurück.

Ich hätte hier noch stundenlang sitzen können. Das ist viel spannender als auf dem Reitplatz. Ich werde Ole vorschlagen, dass wir bald mal einen Ausflug in die Notaufnahme machen.

„Du musst jetzt ein bisschen Rücksicht auf deine Schwester nehmen“, sagt Mama, als wir zurück zum Auto gehen. Lara hält dazu stolz ihren Gipsarm in die Höhe.

Dabei sollte Lara eher Rücksicht auf mich nehmen. Wenn wir uns prügeln, kann sie mit ihrem Gips jetzt viel härter zuschlagen als sonst. Sechs Wochen soll er dranbleiben. Bis er ab ist, habe ich mehr blaue Flecken, als es Hasenlöcher auf unserem Bolzplatz gibt.

Zu Hause lohnt sich Laras Unfall dann so richtig. Mama bestellt für alle Pizza, weil sie es nicht mehr geschafft hat zu kochen. Aber was noch besser ist: Sie vergisst das Haarewaschen.

Zusammen mit dem Ausflug in die Notaufnahme war es eigentlich ein ganz guter Tag, denke ich gerade. Da kommt Mama aus dem Wohnzimmer. Sie hat den Telefonhörer in der Hand und sagt: „Dann machen wir das so, Herr Baltus. Bis übermorgen."

Der Baltus ist der Besitzer vom Reitstall.

Warum will Mama übermorgen da hinfahren? Mit dem Gips kann Lara doch gar nicht reiten und Bine ist noch viel zu klein dafür. Aber da erklärt Mama es mir auch schon: „Herr Baltus ist einverstanden. Du übernimmst Laras Reitstunden. Die nächsten zwei Monate sind schon voll bezahlt. Da wäre es doch dumm, die Stunden nicht zu nutzen."
„Ich will aber nicht reiten. Das ist nur was für Mädchen!", protestiere ich.
„Und was ist mit den Cowboys? Waren das auch alles Mädchen?", fragt Mama zurück und grinst mich an.

„Aber du hast doch bei Lara gesehen, wie gefährlich diese vierbeinigen Monster sind!“, rufe ich verzweifelt.
„Übertreib nicht, Malte. Das war ein Unfall. Ole hat sich beim Fußball auch schon mal das Bein gebrochen. Es wird dir Spaß machen, glaub mir“, antwortet Mama.
„Und was ist, wenn das in der Schule rauskommt?“, frage ich Mama vorwurfsvoll. „Dann bin ich erledigt. Nur Mädchen reiten!“

„Denk nicht so viel darüber nach, was die anderen denken“, antwortet Mama. Auch so ein Spruch, den ich nicht mehr hören kann.

Da klingelt es, weil die Pizzas kommen. Mama geht aufmachen.

Nie im Leben wird mir das Spaß machen. Aber was soll ich machen? Ab übermorgen muss ich reiten.

3. Auf dem Reiterhof

Heute ist Freitag. Ich sitze wieder hinten im Wagen. Eingeklemmt zwischen Lara und Bine. Wir sind auf dem Weg zum Reiterhof. Der einzige Unterschied ist, dass ich jetzt Laras dreckige Reitstiefel anhabe. Sie hat fast dieselbe Schuhgröße wie ich.

„Ich will nicht, dass Malte meine Stiefel trägt“, motzt Lara.

„Meinst du, ich habe die freiwillig an?“, motze ich zurück.

„Du brauchst sie doch jetzt nicht“, sagt Mama zu Lara. „Und Malte kann ja wohl kaum mit seinen Fußballschuhen reiten, oder?“

„Wehe, du machst sie kaputt“, flüstert Lara und rammt mir ihren Gips in die Rippen. Aua!

Als wir ankommen, führt Herr Baltus uns direkt in den Stall. Die anderen Mädchen gucken mich ganz komisch an, weil ich eine Trainingshose und keine Reithose trage. Dabei hat sogar Mama verstanden, dass ich unmöglich Laras Hose anziehen kann. Lara war auch sehr erleichtert, glaube ich.

„Hier! Das ist deiner. Er heißt Zeus", sagt Herr Baltus und zeigt auf einen riesigen Schimmel.

Das Pferd ist höher als ein Fußballtor. Wenn ich wollte, könnte ich unter seinem Bauch durchgehen. Aufrecht, ohne mich bücken zu müssen. Das will ich natürlich nicht. Ich bin ja nicht verrückt!
Herr Baltus guckt ein paarmal zwischen mir und dem Riesen-Pferd hin und her. Dann lacht er dröhnend und schlägt sich auf die Schenkel.
„War nur ein Scherz. Hier! Das ist dein Pferd!“ Herr Baltus zeigt auf ein Pony, das friedlich in seiner Box steht. Es ist braun-weiß gefleckt, und wenn wir uns gegenüberstehen, kann ich ihm sogar in die Augen sehen.
„Los, streichele ihn mal“, sagt Herr Baltus.

„Traut er sich doch sowieso nicht“, zischt Lara von hinten.
„Will auch reiten“, kräht Bine so laut aus ihrem Buggy, dass das Pony vor Schreck zusammenzuckt.
Um es zu beruhigen, strecke ich die Hand aus und streichele sanft seinen Hals. Sein Fell fühlt sich ganz weich an.
„Komm, wir fangen gleich an“, sagt Herr Baltus und führt das Pony aus der Box.
„Sein Name ist übrigens Mustang.“

Mama, Lara und Bine sitzen auf der Tribüne. Ich bin sicher: Lara wartet nur darauf, dass ich von Mustang runterfalle. Aber den Gefallen werde ich ihr nicht tun. Ich kann Rad fahren, und so viel anders ist das mit dem Reiten auch nicht. Im Grunde ist es sogar einfacher: So ein Pferd kippt

nicht einfach um, wenn man stehen bleibt.
„Jetzt bist du dran“, sagt Herr Baltus und zeigt mir, wie ich in die Steigbügel treten muss. Ich stemme mich hoch, und er gibt mir noch einen Schubs. Beinahe falle ich dabei auf der anderen Seite wieder runter. Aber nur beinahe.

Ich weiß gar nicht, warum Lara schon seit zwei Jahren Reitunterricht nimmt. So schwer ist das gar nicht. Wenn ich die Augen zumache, kann ich mir sogar vorstellen, ich wäre ein Cowboy.

In wildem Galopp reite ich über die Prärie auf der Flucht vor Indianern auf dem Kriegspfad. Oder ich bin ein Ritter auf dem Weg zu gefährlichen Drachen und entführten Prinzessinnen.

Das geht so lange gut, bis Mustang sich in Bewegung setzt. Ich muss mich um seinen Hals werfen, damit ich nicht runterfalle. Jetzt lieber nicht zu Lara rübergucken. Die lacht sich bestimmt kaputt. Herr Baltus ruft mir ein paar Tipps zu, wie ich das Gleichgewicht halten kann. Ich soll mich den Bewegungen des Pferdes anpassen. Der hat gut reden. Ich bin schon froh, wenn ich oben bleibe. Aber nach einiger Zeit klappt es tatsächlich schon viel besser.

In der ganzen Stunde bin ich nur zwei Mal im Sand gelandet. Zum Glück hat das fast gar nicht wehgetan. Dafür tut mir jetzt der Hintern weh. So ein Sattel ist ganz schön hart.
„Für einen Anfänger war das gar nicht schlecht, Bruderherz“, sagt Lara und gibt mir einen Klaps auf den Po. Genau dahin, wo es am meisten schmerzt.
„Na, hat es Spaß gemacht?“, fragt Mama, als wir in den Wagen steigen.

Eigentlich war es ziemlich cool, aber das darf ich natürlich nicht zugeben. Sonst muss ich auch noch auf den Reiterhof, wenn Laras Gips längst wieder ab ist. Dann habe ich keine Zeit mehr, mich mit Ole zu treffen.
Mensch, Ole! Dem habe ich gar nichts erzählt. Ich habe keinem etwas erzählt.

Wenn sich das herumspricht mit meinen Reitstunden, kann ich die Pausen auf dem Klo verbringen. Ich kenne jedenfalls keinen Jungen, der reitet. So was machen nur Mädchen. Das ist genauso wie Gummi-Twist oder Ballett. Lara hat mich heute Morgen schon erpresst: Bis ihr Gips ab ist, kriegt sie die Hälfte von meinem Taschengeld. Sonst verrät sie in der Schule, wo ich neuerdings meine Nachmittage verbringe.

„Ich muss noch duschen und Haare waschen!“, rufe ich, als wir endlich nach Hause kommen.
Mama guckt mich an, als würde ich freiwillig auf alle Geschenke zum Geburtstag und zu Weihnachten verzichten.

„Bist du krank?“ Mama legt mir die Hand auf die Stirn. „Fieber hast du keins.“
„Der hat doch nur Schiss, dass die in der Klasse den Pferdestall riechen“, mischt sich Lara ein. Manchmal ist sie doch schlauer, als man denkt.
„Nee, stimmt gar nicht“, nuschele ich. „Ich dachte nur, weil das letzte Mal schon zwei Tage her ist.“
„Meinetwegen“, sagt Mama.
„Malte muss Haare waschen, Malte muss Haare waschen“, plappert Bine hinter mir. Aber das stört mich nicht. Das Einzige, was jetzt zählt, ist, alle Pferdespuren zu beseitigen.

4. Im Zirkus

„Wieso hast du denn heute schon wieder keine Zeit?“ Ole läuft neben mir und guckt mich ganz komisch an.
Wir sind auf dem Weg zum Zirkus. Unsere Lehrerin, Frau Krone, hat den Ausflug organisiert. Unsere ganze Schule ist da. Die Leute vom Zirkus machen eine Vorstellung nur für uns.
„Weil ... weil ... ich mein Zimmer aufräumen muss“, stammele ich.
„Schon wieder? Das hast du doch vorgestern erst gemacht!“, fragt Ole misstrauisch.

„Ich muss auch noch Lara beim Aufräumen helfen, die kann das ja nicht mit ihrem Gips“, flunkere ich.
Es ist verdammt schwer, seinen besten Freund wochenlang zu belügen. Aber ein paar Tage muss ich noch durchhalten. Bald kommt Laras Gips ab. Dann kann sie wieder selber reiten. Das ist fast ein bisschen schade. Ich bin schon seit drei Wochen nicht mehr vom Pferd gefallen. Herr Baltus hat gesagt, aus mir könnte ein richtiger Rodeo-Reiter werden.
„Guckt mal! Maltes Eltern sind so arm. Der muss sogar auf Heu schlafen.“

Der blöde Ingo hat einen Halm auf meiner Jacke gefunden.
Gestern habe ich Mustang frisches Stroh gebracht, da muss der Halm hängen geblieben sein. Ingo hört gar nicht mehr auf zu lachen. Da dreht sich Ole zu ihm um und sagt: „Vielleicht ist das Stroh ja auch aus deinem Kopf."
Da lacht Ingo nicht mehr, aber die anderen. Ich kann genau sehen, wie wütend Ingo ist. Aber an Ole traut er sich nicht ran. Deswegen ist erst einmal Ruhe.
„Da vorne ist das Zelt", ruft Ole. „Mensch, ist das groß!"

Das Zirkuszelt ist wirklich riesig. Überall flattern bunte Fahnen im Wind. Man kann auch schon die Käfige mit den Tieren erkennen, und von weiter hinten hört man die Löwen brüllen.
„Ich will, dass ihr euch gleich anständig benehmt. Das tut ihr doch, oder?“, sagt Frau Krone, unsere Lehrerin. Sie ist ein bisschen aufgeregt. Als wir alle brav nicken, guckt sie noch einen Moment zweifelnd. Dann dürfen wir endlich rein.
Am Eingang steht ein Stand mit Süßigkeiten. Ingo kauft eine riesige Tüte Popcorn ganz für sich alleine. Ingo gibt nie etwas ab. Ole und ich nehmen lieber jeder eine Zuckerwatte. Direkt hinter dem Stand warten schon die Clowns und malen jedem von uns eine rote Nase. Das sieht lustig aus.

Ole und ich sitzen ganz vorne in der ersten Reihe. Auf der anderen Seite kann ich gerade noch Lara erkennen, da geht auch schon das Licht aus.
Das Programm ist toll. Ich war noch nie im Zirkus, und es ist viel besser, als ich es mir vorgestellt habe. Das Einzige, was stört, ist Ingo. Er sitzt direkt hinter mir und schmatzt laut sein Popcorn.

Zuerst kommen die Clowns. Die sind witzig und spritzen sich gegenseitig mit Wasserpistolen nass. Danach tanzt eine Frau auf einem Seil in zehn Metern Höhe. Unter ihr gibt es kein Netz, das sie auffangen würde.
„Wenn die jetzt runterfällt, das wäre mal was“, ruft Ingo hinter mir. Das finde ich ziemlich gemein. Wenn ich so stark wie Ole wäre, würde ich Ingo das auch sagen.
Nach der Seiltänzerin kommen die Pferde. Sie sind ganz weiß und genauso groß wie Zeus in Laras Reitstall. In der Mitte der Manege steht eine Dame in einem glitzernden Kleid. Sie hat eine lange

Peitsche in der Hand. Damit schlägt sie aber nur auf den Boden. Immer wenn sie das tut, wechseln die Pferde die Richtung. Oder sie drehen sich im Kreis. Das sieht ganz gut aus, obwohl ich die Clowns besser fand.
Jetzt ist sie auch schon fast fertig. Bis auf eines sind alle Pferde hinter dem roten Vorhang verschwunden.
„Wer von euch möchte eine Runde auf Herkules reiten?“, fragt die Dame und tätschelt dem riesigen Schimmel den Hintern.

Keiner traut sich. Nicht einmal die Mädchen, die sonst über nichts anderes als Pferde quatschen können.
„Na, wer möchte es mit meinem kleinen Liebling versuchen?“, fragt die Dame noch einmal, weil sich immer noch niemand meldet. Wenn dieses Monsterpferd ihr „kleiner“ Liebling ist, möchte ich nicht wissen, wie groß ihr „großer“ Liebling ist. Wahrscheinlich ist es einer von den Elefanten, die später noch kommen sollen.
„Hier!“, schreit plötzlich eine Stimme direkt hinter mir. „Hier! Der Malte, der will. Er traut sich nur nicht, sich selber zu melden.“
Ingo steht hinter mir und zeigt grinsend mit seinem Zeigefinger auf mich.
„Aber da ist doch nichts dabei. Applaus

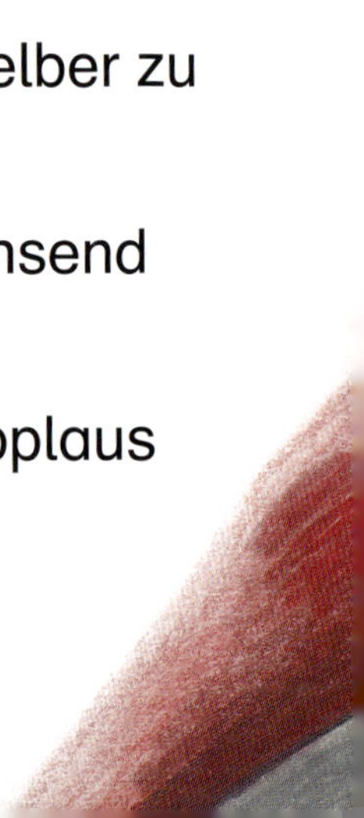

für Malte!“, ruft die Dame und kommt direkt auf mich zu.
„Bleib sitzen!“, zischt Ole mir zu. „Egal was passiert, bleib sitzen!“
Ole hat gut reden. Als wenn ich da nicht selber draufgekommen wäre. Jetzt reicht mir die Dame in dem langen glitzernden Kleid auch schon die Hand. Weil ich nicht unhöflich sein will, gebe ich ihr auch die Hand. Dadurch kann ich mich nur noch einhändig an meinen Sitz klammern. Das reicht nicht. Die Dame ist ziemlich kräftig.

Das sieht man ihr gar nicht an. Sie zerrt mich mitten in die Manege. Direkt neben den riesigen Schimmel.

Der blöde Ingo und die anderen Kinder johlen und schreien. Alle außer Ole, der sieht ziemlich besorgt aus. Das kann ich aus den Augenwinkeln sehen, als mich die Dame auf das Pferd hebt.

Langsam setzt sich der riesige Schimmel in Bewegung. Ich versuche an alles zu denken, was mir Herr Baltus beigebracht hat. Eigentlich ist es ja egal, ob man auf einem Pony oder auf einem Riesengaul sitzt. Man kann zwar tiefer fallen, aber die Gebrauchsanweisung ist bei beiden dieselbe.

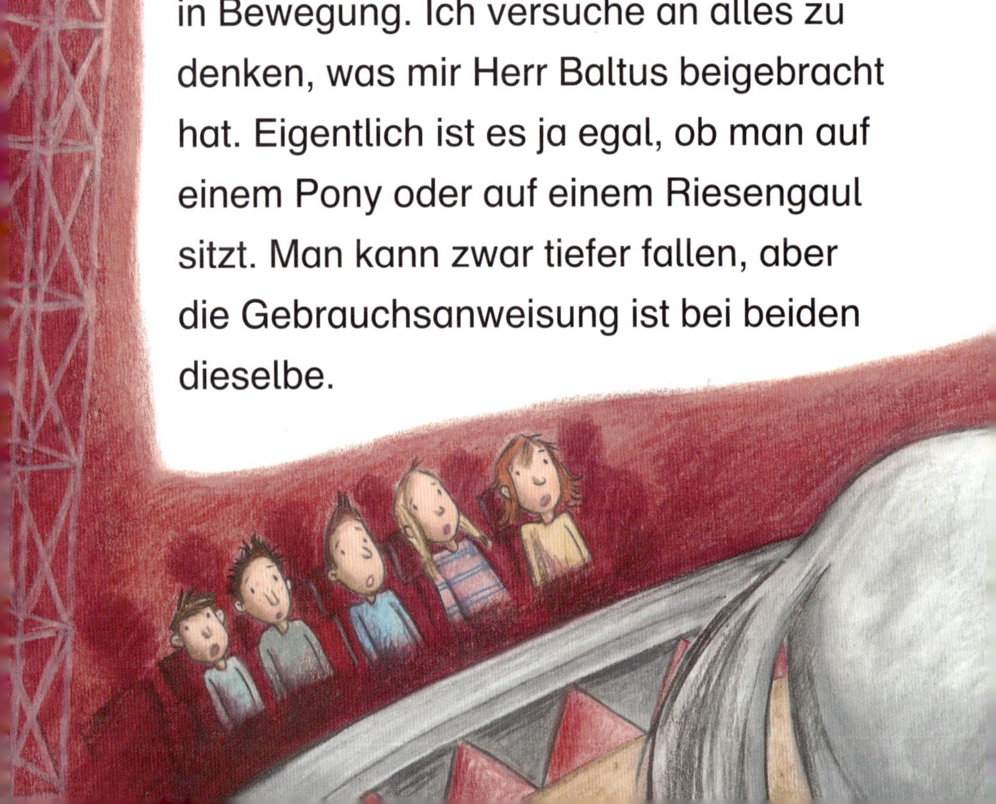

Nachdem ich mich an die Höhe gewöhnt habe, fühlt es sich hier oben sogar ziemlich cool an. Vor allem weil die anderen jetzt aufgehört haben zu johlen. Die sitzen alle mit offenen Mündern da und staunen, weil ich so gut reiten kann. Ole staunt am meisten, als ich an ihm vorbeitrabe und ihn lässig mit der rechten Hand grüße.

Ich werde ihm einiges erklären müssen, wenn ich wieder unten bin. Das bin ich ihm wohl schuldig. Als ich zum dritten Mal an Ole vorbeikomme, sehe ich Ingo. Er hat seine Schleuder dabei und lädt sie mit einem schwarz verbrannten Maiskorn aus seiner Popcorn-Tüte. Im nächsten

Moment trifft das Geschoss Herkules genau hinterm Ohr.
Herkules ist mindestens genauso erschrocken wie ich. Er bäumt sich hoch auf – so hoch, dass ich fast hinten runterfalle. Kaum hat er die Vorderbeine wieder auf dem Boden, schlägt er mit den Hinterhufen aus. Herkules springt und bockt, als wäre ein Schwarm Hornissen hinter ihm her. Nur mit Mühe kann ich mich auf seinem Rücken halten, indem ich mich fest in seine Mähne kralle. Ich kann spüren, wie aufgeregt er ist und wie viel Angst er hat. Sein Herz geht ganz schnell und sein riesiger Körper zittert wie ein Hochhaus bei einem Erdbeben.
„Wenn du ruhig bist, ist es auch das Pferd", hat Herr Baltus immer gesagt.

Aber wie soll ich denn ruhig bleiben, wenn ich durchgeschüttelt werde wie auf einer verrosteten Achterbahn?
Damit ich nicht abgeworfen werde, klammere ich mich um seinen Hals. So bin ich ganz nah an seinen Ohren.
„Ganz ruhig, ganz ruhig“, flüstere ich.

Aber da macht Herkules schon wieder einen gewaltigen Satz. Nicht einmal die Dame in dem langen Kleid wagt sich an ihn heran, solange ihr kleiner Liebling wie ein Wildpferd in der Manege herumspringt.
„Ganz ruhig, ganz ruhig“, flüstere ich noch einmal, um ihn zu beruhigen.
Herkules hüpft noch einmal nach rechts und noch einmal nach vorne, dann bleibt er wirklich stehen. Das Unfassbarste aber ist: Ich sitze obendrauf! Noch immer!
„Ganz ruhig, alter Junge. Ganz ruhig.“ Ich streichele sanft seine rechte Flanke.
Dabei fühle ich, dass sein Herz immer noch ganz schnell schlägt. Aber längst nicht mehr so schlimm wie vorher.
Vorsichtig lasse ich mich an der Seite hinuntergleiten.

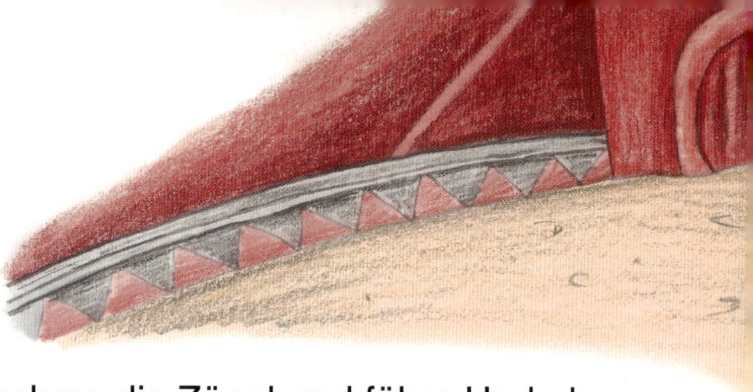

Ich nehme die Zügel und führe Herkules zu der Dame, die noch immer ganz geschockt ist.
Da bricht auch schon ein gewaltiger Jubel los. Alle Kinder schreien, trampeln und klatschen. Aber nicht mehr schadenfroh wie vorhin, sondern richtig begeistert.
Ole kommt quer durch die Manege auf mich zugelaufen. Er sieht ziemlich erleichtert aus und zwinkert mir zu: „Jetzt weiß ich, was du die letzten Wochen getrieben hast.“
Dann ist auch schon Lara da. Sie umarmt mich und flüstert: „Ich bin ein bisschen stolz auf dich, du Anfänger.“

Und jetzt kommen auch alle anderen und wollen wissen, wo man das lernen kann und ob das schwer ist. Sogar die großen Jungs aus der Vierten sind beeindruckt. „Das war doch gar nichts, Kleinigkeit", sage ich bescheiden. „Es gibt halt Reiten für Mädchen: immer im Kreis rum. Und es gibt Reiten für Jungs: Abenteuer pur."
Dafür rammt mir Lara ihren Gipsarm zwischen die Rippen, dass mir für einen Augenblick die Luft wegbleibt.

Auf einmal findet keiner von den Jungen mehr, dass Reiten nur was für Mädchen ist. Außer vielleicht der blöde Ingo. Aber der ist nicht da. Frau Krone hat ihn sich gleich geschnappt. In seiner Haut möchte ich jetzt nicht stecken.

„Spielen wir jetzt gar nicht mehr zusammen Fußball?“, fragt Ole, als wir zusammen nach Hause gehen.

„Wie kommst du denn darauf?“, frage ich überrascht.
„Na, wenn du jetzt immer im Reitstall bist, hast du doch gar keine Zeit mehr“, erklärt Ole. Er kickt traurig eine Dose gegen ein Garagentor, dass es nur so scheppert.
„Blödsinn! Ich habe doch nur die Stunden von Lara aufbrauchen müssen. Nächste Woche kommt ihr Gips ab, dann kann sie wieder selber reiten“, erkläre ich ihm.
„Echt?“, strahlt Ole erleichtert.
„Was soll ich denn noch da? Ich kann ja schon reiten. Hast du doch gesehen! Was ich lernen muss, ist Elfmeter-Schießen“, sage ich.

„Dabei helfe ich dir. Wenn du mir zeigst, wie man oben bleibt?“ Ole strahlt immer noch.
„Wie oben?“, frage ich.
„Na, oben auf so einem Pferd. Worauf denn sonst?“, grinst Ole.
„Abgemacht“, sage ich und gebe ihm die Hand drauf.
Dann bauen wir aus unseren Ranzen ein Tor und Ole zeigt mir mit der Dose, wie man jeden Elfer verwandelt.

Dass ich ihm das Reiten beibringe, hat noch Zeit. Ich habe ja demnächst auch nicht mehr regelmäßig Reitstunden. Aber wenn Lara mal nicht kann oder lieber zum Ballett geht, springe ich gerne ein. Nur heute oder morgen nicht. Da tut mir mein Po noch viel, viel zu weh.

Sonne, Mond und Sterne

Fürs erste Lesen gibt's nichts Schöneres!

- Lesealter ab 7/8
- Große Schrift
- Bekannte Autoren
- Viele farbige Illustrationen

ISBN 978-3-7891-0644-6

Wo die Olchis sind, geht es drunter und drüber! (11 Bände)

ISBN 978-3-7891-0628-6

Lena findet Mathe blöd – aber es gibt viele andere Dinge, die sie begeistern! (6 Bände)

ISBN 978-3-7891-0520-3

Jan-Arne und sein Meerschweinchen King-Kong sind ein gutes Team! (6 Bände)

ISBN 978-3-7891-0639-2

Wenn Hexe Winnie zu zaubern beginnt, gibt es manchmal Überraschungen. (5 Bände)

ISBN 978-3-7891-0607-1

Pippa hat ihren eigenen Kopf und lässt sich nichts gefallen! (4 Bände)

ISBN 978-3-7891-0627-9

Der Franz hat immer große Pläne. Aber ob die klappen? (17 Bände)

Mehr über die »Sonne, Mond und Sterne«-Kinderbücher und die Hörbücher unter: ***www.oetinger.de*** *und* ***www.oetinger-audio.de***

Oetinger